Pour Marie-Madeleine Thomas

© 2007, *l'école des loisirs*, Paris

Loi 49956 du 16 juillet 1949,
sur les publications destinées à la jeunesse.
Dépôt légal : septembre 2007
ISBN 978-2-211-08787-2

Mise en pages : *Architexte*, Bruxelles
Photogravure : *Media Process*, Bruxelles
Imprimé en Belgique par *Daneels*

Kristien Aertssen

Petite plume

Pastel
l'école des loisirs

Dans le jardin de Monsieur et Madame Plume, il y avait
un énorme cerisier où des milliers d'oiseaux venaient
se poser. Le Professeur Plume les observait en détail
pendant des journées entières. Son épouse, Madeleine,
aimait surtout leurs chants. Elle avait même appris à siffler
comme eux. Quand elle les appelait, ils venaient picorer
des miettes de pain dans sa main.

Avec son visage tout fin, son petit nez pointu et ses yeux
ronds, Madeleine ressemblait un peu à un oiseau.
Elle sifflait, chantait et roucoulait comme ses amis à plumes.
Monsieur Plume, qui aimait beaucoup sa femme,
l'appelait tendrement «ma petite plume».

Chaque vendredi, Cerise venait voir ses grands-parents.
Elle emportait toujours un gros sac rempli de pain,
de biscuits et de gâteaux secs.

Tous trois s'installaient dans la cuisine autour de la grande table. Ils réduisaient en miettes les pains de Cerise et ceux que les voisins leur apportaient.

Cerise passait des journées
merveilleuses chez ses grands-parents.
Papy lui expliquait des choses
passionnantes sur la vie
des oiseaux et lui apprenait
à reconnaître leurs chants.

Mamy, elle, lui donnait
des leçons de sifflement.
Puis, venait l'heure du repas
des oiseaux, le moment
préféré de Cerise.

Les mois avaient passé. L'hiver était là.
Depuis quelques jours, Madeleine ne se sentait pas bien.

Elle avait froid.

Elle ne parlait plus.

Elle ne sifflait plus.
Elle dormait de plus en plus.

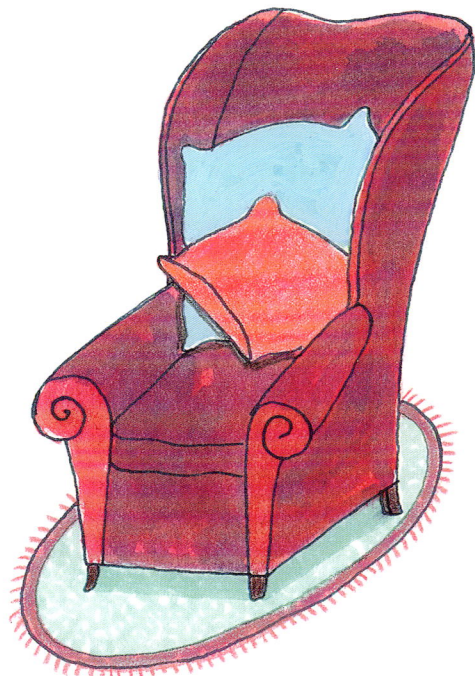

Puis, elle ne vint même plus
s'asseoir dans son fauteuil.

Son lit était devenu sa maison. Monsieur Plume lui faisait
la lecture et lui préparait ses plats préférés. Mais Madeleine
n'avait pas faim. Pâle dans ses draps blancs, elle ressemblait
de plus en plus à un petit oiseau perdu.
«Ne sois pas triste, chuchotait Madeleine à son mari.
Je reviendrai parmi les oiseaux…»

Madeleine s'endormit pour toujours.
Elle avait un sourire sur le visage.
Dehors, les oiseaux chantaient à tue-tête.

Monsieur Plume était inconsolable. Il passait des journées
entières dans le fauteuil préféré de sa petite plume
et ne touchait même pas aux petits plats de Cerise.

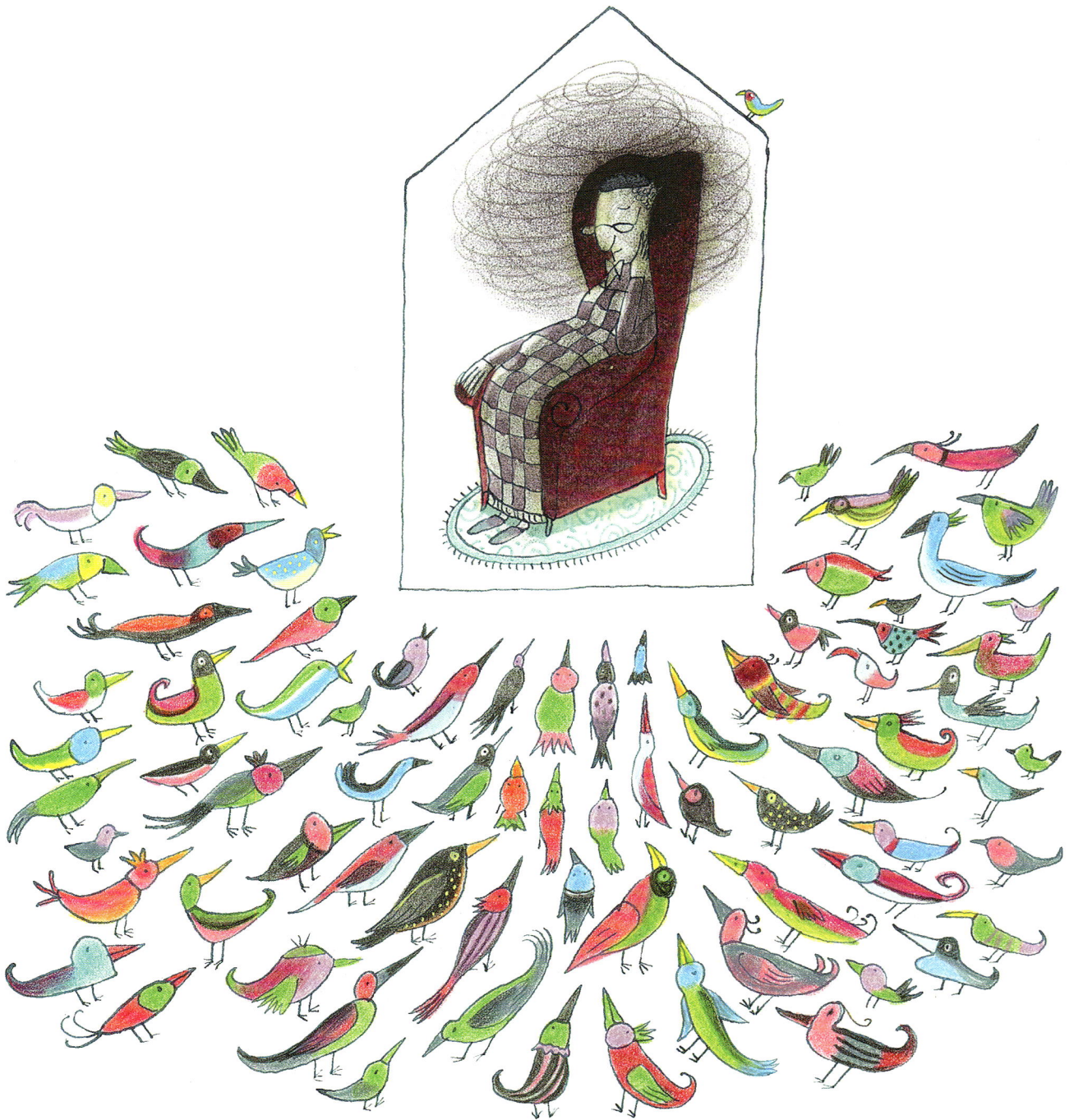

Tous les vendredis, les oiseaux se rassemblaient
devant sa maison, mais il ne voyait rien,
n'entendait rien et ne sentait rien.

Jusqu'au jour où un petit oiseau se posa sur le bord de la fenêtre.
Alors, Monsieur Plume se rappela les paroles de Madeleine…

Il sortit de la maison en courant
pour attraper le petit oiseau qui s'envolait.
Dehors, ils étaient tous là qui l'attendaient.

Monsieur Plume se mit à les observer un par un. Lequel était Madeleine ? Celui-ci, avec son bec si fin ? Cet autre, au chant si délicat ? Ou encore celui-là, avec son plumage brillant ? Comme ils étaient beaux tous ces oiseaux ! Comme ils lui avaient manqué !

«Peut-être vais-je la retrouver là-haut ? se dit Monsieur Plume en grimpant dans le cerisier. Est-ce toi, ma petite plume ? Ou toi ? Ou toi ? Ou toi ? » Les oiseaux étaient si nombreux… Comment retrouver Madeleine parmi eux ? Monsieur Plume resta longtemps dans le cerisier.

Il ne voulait plus descendre de l'arbre. Il se sentait
de mieux en mieux. Le vent frais chassait ses idées noires.
Et quand il se mit à chanter avec les oiseaux, il comprit
que Madeleine était là, tout autour de lui.
Le cerisier se couvrit de fleurs blanches, puis les premiers
fruits apparurent. Le jour de son anniversaire, Cerise
arriva avec son panier. «Sont-elles mûres, Papy?»

« Bon anniversaire,
ma petite Cerise !
Monte dans l'arbre.
Nous allons faire
la cueillette ensemble. »

Ensuite, Monsieur Plume
descendit de l'arbre.
«Tu m'a manqué, Papy»,
dit Cerise en le serrant
très fort dans ses bras.

Depuis ce jour-là, Monsieur Plume et sa petite fille
s'installent chaque vendredi à la grande table de la cuisine.
Ils réduisent en miettes les pains apportés par les voisins.

Puis, ils sortent dans le jardin et Cerise appelle les oiseaux
en sifflant. «Elle siffle comme ma petite plume»,
pense Monsieur Plume… Et il sourit.